다만 너이기
때문에

일러두기

본문에 수록된 그림은 프랑스의 신인상주의 화가
앙리 마르탱(Henri Jean Guillaum Martin, 1860년~1943년)의 작품입니다.

나태주의
인생 시집   3

다만 너이기
때문에

나태주 지음 | 김예원 엮음

니들북

언젠가는 그대가 원하는 그대의 모습이
그대가 가는 길 앞에 나타나
웃는 얼굴로 그대를 맞아줄 것이다.

장미 옷을 입은 여인
The Rose Robe

이 책이 인생 시집의 세 번째이자 마지막입니다. 첫 번째 책이 아직 성장하는 청소년을 위한 것이었다면, 두 번째 책은 아직 힘겹게 청춘을 지나는 이들을 위한 것이었습니다. 그리고 이번 책은 마흔 인생을 사는 이들을 위한 것입니다. 다 같이 고달프고 힘겨운 게 인생이지만, 특히 마흔은 인생에서 유독 고달픈 시기입니다.

실은 나 자신도 그러했습니다. 인생이란 자기 성장과 완성이 반복되어야 하는 것인데 그때는 도무지 그런 것들이 눈에 보이지 않았습니다. 가정에서도 위로는 부모님이 계시고 아래로는 어린 자식들이 있어 부자유스러웠으며, 쥐고 있는 보따리 같은 것이 있다면 그대로 놓아버리고 싶은 심정이었습니다.

그러나 그래서는 안 되는 일이지요. 조금만 더, 조금만 더, 이런 심정으로라도 견디고 견뎌야 할 일입니다. 어려움 가운데에서도 한 발 한 발 앞으로 나아가야만 합니다. 그렇게 모랫길을 걸어가듯 사십대를 보내고 나면, 조금은 여유로워진 인생이 당신을 기다릴 것입니다.

이번 인생 시집 시리즈를 세 권으로 내기로 한 것은 지난해 '나태주 시 전집'을 발간하고 나서 그 시 전집을 활용해서 독자들에게 도

움이 되는 책을 좀 내보자는 취지에서 시작한 일입니다. 이를 위해 우선 부산에 사는 김예원 작가가 애를 많이 썼습니다. 권당 700쪽, 11권이라는 방대한 전집 가운데 의도에 맞는 시편을 골라낸다는 게 쉬운 일은 아니지요.

거기에 더하여 출판사 에디터 분들이 애를 많이 썼습니다. 평소 저는 시라는 예술 양식은 그 자체로만 머물기보다는 다른 예술 양식과 연합해야만 보다 좋은 효과를 낼 것이라 생각해 왔습니다. 이러한 나의 소망을 받아 출판사에서 서양의 유명 화가들의 작품을 빌려 시와 함께 어우러지게끔 시화집으로 구현해 주었습니다. 이는 내가 평소 꿈꾸던 바이기도 했지만, 또 독자들에게도 많은 환영을 받았습니다. 참 감사한 일이지요.

이제 세 권의 인생 시집이 이렇게 완간되었습니다. 이렇듯 세상을 사는 데는 혼자만의 힘이 아니라 서로 협동하고 소통하고 마음을 맞잡아야 한다는 것을 이번에 또 배우게 되어 매우 기쁜 마음입니다. 다시 한번 감사의 말씀을 전합니다. 모쪼록 이 시집이 독자들 손에 쥐어져서 독자들의 마음을 조금쯤 밝아지게 하는 마술을 지닌 책이 되기를 소망합니다.

2026년 새봄에
나태주 씁니다.

006   시인의 말

—

1부
인생이고 그리움,
그건 바로 너

—

016   행복
017   저녁에
018   아끼지 마세요
022   시
023   늦가을
024   인생을 묻는 소년에게
028   묘비명
029   좋다
030   그럼에도 불구하고
034   기도
036   유리창
040   낙타
042   세상을 사랑하는 법
046   소망

048   실종
050   다시 중학생에게
054   성공
055   풀꽃문학관
056   사람이 그리운 밤
058   3월에 오는 눈
059   틀렸다
062   명사산 추억
064   일상의 발견
065   꽃들아 안녕
068   우리들 마음
069   좋은 날
070   어머니 말씀의 본을 받아
076   바로 말해요
078   최고의 인생
079   섬에서
082   황홀극치
084   오직 너는
085   행복 2
086   오늘의 약속
090   너에게 감사
092   외롭다고 생각할 때일수록

093 그리움
096 너와 함께라면 인생도 여행이다
098 1월 1일

—

2부
좋다고 하니까
나도 좋다

—

104 사십
105 내가 너를
106 한 사람 건너
107 고백
110 아름다운 사람
111 산수유꽃 진 자리
112 떠나와서
113 후회
114 돌계단
118 들길을 걸으며
120 봄비가 내린다
121 벚꽃 이별

124 봄날의 이유
126 그러므로
127 나무에게 말을 걸다
128 비단강
132 사랑에 감사
133 섬
134 못난이 인형
135 큰일
138 봄비
139 우리들의 푸른 지구
140 꽃나무 아래
144 행운
145 두고 온 사랑
146 들국화
148 사랑에 답함
149 그래도
152 서양 붓꽃
153 그런 사람으로
154 재회
158 개울 길을 따라
160 바람에게 묻는다
161 그래도 2

164 꽃 피우는 나무

166 약속

167 영산홍

168 사는 법

169 초라한 고백

172 선물

173 겨울 장미

174 사랑

175 그리고

178 사랑에의 권유

180 스스로 선물

182 고백 2

186 그 말

187 꽃신

188 부탁

189 나무

190 첫눈

191 별

194 안부

195 떠난 자리

196 별빛

200 별리

202 목련꽃 낙화

—

3부
기죽지 말고
잘 살아봐

—

208 풀꽃 3

209 버림받음으로

210 너무 잘하려고 애쓰지 마라

214 뒷모습

216 나의 시에게

217 시인

218 실패한 당신을 위하여

222 작은 마음

223 산수유

224 오늘의 꽃

225 물봉선

228 꽃

229 꽃필 날

230 네가 있어

231 부모 노릇

234 그리움 2

235 기쁨

236 조그만 친절

237 사랑이 올 때

240 3월

242 모래

246 꽃밭에서

247 양란

248 시 2

249 오늘의 과업

252 봄

253 동백

254 한밤중에

255 두 여자

258 풀꽃 2

259 어린 벗에게

260 여름의 일

264 사랑 2

265 꽃그늘

266 소망 2

270 꽃 2

271 풀꽃

272 너를 두고

274 송별

275 개양귀비

278 엮은이의 말

나의 집
My House

1부

인생이고 그리움,
그건 바로 너

행복

어제 거기가 아니고
내일 저기도 아니고
다만 오늘 여기
그리고 당신.

저녁에

저녁에 잠든다는 건
내일의 소망을
가슴에 안는다는 일이고

오늘의 잘못들을
스스로 용서하고
잊는다는 것이다.

아끼지 마세요

좋은 것 아끼지 마세요
옷장 속에 들어 있는 새로운 옷 예쁜 옷
잔칫날 간다고 결혼식장 간다고
아끼지 마세요
그러다 그러다가 철지나면 헌옷 되지요

마음 또한 아끼지 마세요
마음속에 들어 있는 사랑스런 마음 그리운 마음
정말로 좋은 사람 생기면 준다고
아끼지 마세요
그러다 그러다가 마음의 물기 마르면 노인이 되지요

좋은 옷 있으면 생각날 때 입고
좋은 음식 있으면 먹고 싶은 때 먹고
좋은 음악 있으면 듣고 싶은 때 들으세요
더구나 좋은 사람 있으면
마음속에 숨겨두지 말고
마음껏 좋아하고 마음껏 그리워하세요

그리하여 때로는 얼굴 붉힐 일
눈물 글썽일 일 있다 한들
그게 무슨 대수겠어요!
지금도 그대 앞에 꽃이 있고
좋은 사람이 있지 않나요
그 꽃을 마음껏 좋아하고
그 사람을 마음껏 그리워하세요.

바느질 하는 소녀

A Young Woman Sewing

바느질 하는 여인
A Woman Sewing
1930

시

마당을 쓸었습니다
지구 한 모퉁이가 깨끗해졌습니다

꽃 한 송이 피었습니다
지구 한 모퉁이가 아름다워졌습니다

마음속에 시 하나 싹텄습니다
지구 한 모퉁이가 밝아졌습니다

나는 지금 그대를 사랑합니다
지구 한 모퉁이가 더욱 깨끗해지고
아름다워졌습니다.

늦가을

아무도 가르쳐주지 않고
아무도 동행해주지 않은 나의 인생

아무도 가르쳐주지 않은 것이
나의 가르침이었고

아무도 동행해주지 않은 것이
오히려 동행이 아니었을까?

저만큼 가다가 돌아선 가을이
정색한 얼굴로 묻는다.

---

* 분명 저만큼 떠난 줄 알았던 가을이 다시 돌아와 마음 아프게 한다.
  우리들 청춘과 사랑의 뒷모습도 그렇지 않았으랴.

인생을 묻는 소년에게

인생에서 중요한 것은
속도보다는 방향이다
방향이 잘못되고 속도만 빠를 때
그것은 오직 실패로 가는 빠른 길이다

일단 방향을 제대로 정하고
천천히 뚜벅뚜벅 소걸음으로 걸어서
나아갈 일이다
마음속에 굳은 신념을 지니고
천천히 천천히 앞으로 나아갈 일이다

그러다 보면 언젠가는
그대가 원하는 그대의 모습이
그대가 가는 길 앞에 나타나
웃는 얼굴로 그대를 맞아줄 것이다

그야말로 그것은 시간문제다

그런데 사람들은 흔히
방향을 잘못 정하고
속도를 빠르게 하거나
방향을 제대로 잡고서도
가는 길이 못 미더워 지레
그 방향을 바꾸려 한다

소년이여 인생에서
속도보다는 방향이다
제대로 된 방향을 믿고
천천히 천천히 네 앞길을 열라
안개 자욱한 들판이
조금씩 밝아옴을 그대는 볼 것이다.

거위와 아이
The Child with goose

범선을 든 소년
A Boy with Sailboats

묘비명

많이 보고 싶겠지만
조금만 참자.

좋다

좋아요
좋다고 하니까 나도 좋다.

그럼에도 불구하고

지금 사람들 너나없이
살기 힘들다, 지쳤다, 고달프다
심지어 화가 난다고까지 말을 한다

그렇지만 이 대목에서도
우리가 마땅히 기댈 말과
부탁할 마음은 '그럼에도 불구하고'

그럼에도 불구하고 우리는
밥을 먹어야 하고
잠을 자야 하고 일을 해야 하고

그럼에도 불구하고 우리는
아낌없이 사랑해야 하고
조금은 더 참아낼 줄 알아야 한다

무엇보다도 소망의 끈을
놓치지 말아야 한다
기다림의 까치발을 내리지 말아야 한다

그것이 날마다 아침이 오는 까닭이고
봄과 가을 사계절이 있는 까닭이고
어린것들이 우리와 함께하는 이유이다.

농부
Farmer
1920

기도

내가 외로운 사람이라면
나보다 더 외로운 사람을
생각하게 하여 주옵소서.

내가 추운 사람이라면
나보다 더 추운 사람을
생각하게 하여 주옵소서.

내가 가난한 사람이라면
나보다 더 가난한 사람을
생각하게 하여 주옵소서.

더욱이나 내가 비천한 사람이라면
나보다 더 비천한 사람을
생각하게 하여 주옵소서.

그리하여 때때로
스스로 묻고
스스로 대답하게 하여 주옵소서.

나는 지금 어디에 와 있는가?
나는 지금 어디로 향해 가고 있는가?
나는 지금 무엇을 보고 있는가?
나는 지금 무엇을 꿈꾸고 있는가?

유리창

이제
떠나갈 것은 떠나가게 하고
남을 것은 남게 하자

혼자서 맞이하는 저녁과
혼자서 바라보는 들판을
두려워하지 말자

아 그렇다
할 수만 있다면
나뭇잎 떨어진 빈 나뭇가지에
까마귀 한 마리라도 불러
가슴속에 기르자

이제
지나온 그림자를 지우지 못해 안달하지도 말고
다가올 날의 해짧음을 아쉬워하지도 말자.

마르케롤의 파사드
The Facade of Marquayrol
1915

다만 오늘 여기
그리고 당신.

낙타

언제부턴가 마음속에
어린 낙타 한 마리 살고 있었다
날마다 낙타를 몰고 세상 속을 걸었다
타박타박 모래밭, 먼지와 바람의 길이었다

더러는 한 모금의 물이 아쉬웠다
내가 낙타였으므로 한 번도 낙타 등에 올라가 본 적은 없고
누군가를 태우거나 무거운 짐짝을 올려놓고 걸었다

가장 많이 올려놓았던 짐짝은 막막한 슬픔과
대책 없는 그리움이었다
무엇보다 그 짐짝을 내려놓고 싶었다

그러나 번번이 쉽지 않은 일
내려놓으려고 하면 막막한 슬픔과
대책 없는 그리움은 살을 파고들었다
오늘도 나는 짐짝을 가득 싣고 세상 속을 떠난다
다만 숨이 가쁘고 다리가 후둘거린다.

세상을 사랑하는 법

세상의 모든 것들은

바라보아 주는 사람의 것이다

바라보는 사람이 주인이다

나아가 생각해 주는 사람의 것이며

사랑해 주는 사람의 것이다

어느 날 한 나무를 정하여 정성껏

그 나무를 바라보라

그러면 그 나무도 당신을 바라볼 것이며

점점 당신의 것이 될 것이다

아니다, 그 나무가 당신을

사랑해 주기 시작할 것이다

더 넓게 눈을 열어 강물을 바라보라

산을 바라보고 들을 바라보라

나아가 그들을 가슴에 품어보라

그러면 그 모든 것들이 당신의 것이 될 것이며

당신을 생각해 주고
당신을 사랑해 줄 것이다
오늘 저녁 어둠이 찾아오면
밤하늘의 별들을 우러러보라
나아가 하나의 별에게 눈을 모으고
오래 그 별을 생각해 보고 그리워해 보라
그러면 그 별도 당신을 바라보기 시작할 것이며
당신을 생각해 줄 것이며
드디어 당신을 사랑해 줄 것이다.

숲가에 서 있는 여인
Woman at Edge of Forest

어떠한 경우라도
이 세상에서 가장 귀한 것이
너 자신임을 잊지 말아라.

소망

받고 싶은 마음보다
주고 싶은 마음이 좋은 마음이다

주고 나서 이내 잊어버리고
무엇을 또 주어야 하나
찾는 마음이 좋은 마음이다

꽃을 보고서도 저것을 가져다
주었으면 하고
구름을 만나서도 저것을 데려다
주었으면 하는

그 마음 뒤에 웃고 있는 네가
있음을 나는 모르지 않는다

언제까지고 거기 너 그렇게
웃고만 있거라
예뻐 있거라.

실종

그때 그는 거기서 죽었어야만 했다
조금 이른 나이긴 하지만
인생의 정점이라고들 말하는 그곳에서
사라졌어야만 했다

화려한 실종

사람들은 더러 코끝이
빨개지기도 했을 것이고
두 눈에 눈물 머금고 그가 사라졌을 것이라고
믿는 하늘을 우러러보았을 것이다

그러나 그는 그 기회를 단호히 거부하고
하산을 도모했다
천천히 아주 천천히

사람들의 기대는 무너지고
박수갈채는 잠잠해지고
그는 한 걸음 한 걸음씩
세상 사람들 기억 속에서 잊혀져 갔다

또 다른 삶이 시작되었다
눈부신 실종.

다시 중학생에게

사람이 길을 가다 보면
버스를 놓칠 때가 있단다

잘못 한 일도 없이
버스를 놓치듯
힘든 일 당할 때가 있단다

그럴 때마다 아이야
잊지 말아라

다음에도 버스는 오고
그다음에 오는 버스가 때로는
더 좋을 수도 있다는 것을!

어떠한 경우라도 아이야
너 자신을 사랑하고
이 세상에서 가장 귀한 것이
너 자신임을 잊지 말아라.

포플러 나무 아래
The Poplars

라 쿠튀르의 포플러 나무들
The Poplars - The Couture

성공

나는 지금도 가고 있는 중이야

나는 지금도 두리번거리고 있는 중이야

내가 모르는 곳

내가 모르는 사람들 찾아서

지금도 가고 있는 중이야

다만 아는 건 누군가가 나를

기다리고 있다는 것

그 사람이 좋은 사람이라는 것만 알아

나는 지금도 서 있는 중이야

나는 지금도 다리가 아픈 중이야

그래도 좋아 왜냐면

나는 지금 내가 만나고 싶은 나를

만나러 가는 길이니까 말이야.

풀꽃문학관

시인의 말을 듣지 않고서는
누구도 잡초를 뽑지 마십시오
시인이 꽃으로 기르고 있는
잡초가 있을지 모르니까요.

사람이 그리운 밤

사람이
사람이
그리운 밤엔
편지를 쓰자

멀리 있어서
그리운 사람
잊혀졌기에
새로운 사람

하늘엔 작은 별이
빛나고
가슴 속엔 조그만 사랑이
반짝이누나

사람이

사람이

그리운 밤엔

촛불을 밝히자.

3월에 오는 눈

눈이라도 3월에 오는 눈은
오면서 물이 되는 눈이다.
어린 가지에
어린 뿌리에
눈물이 되어 젖는 눈이다.
이제 늬들 차례야
잘 자라거라 잘 자라거라
물이 되며 속삭이는 눈이다.

틀렸다

돈 가지고 잘 살기는 틀렸다

명예나 권력, 미모 가지고도 이제는 틀렸다

세상에는 돈 많은 사람이 얼마나 많고

명예나 권력, 미모가 다락같이 높은 사람이 얼마나 많은가!

요는 시간이다

누구나 공평하게 허락된 시간

그 시간을 어디에 어떻게 써 먹느냐가 열쇠다

그리고 선택이다

내 좋은 일, 내 기쁜 일, 내가 하고 싶은 일 고르고 골라

하루나 한 시간, 순간순간을 살아보라

어느새 나는 빛나는 사람이 되고 기쁜 사람이 되고

스스로 아름다운 사람이 될 것이다

틀린 것은 처음부터 틀린 일이 아니었다

틀린 것이 옳은 것이었고 좋은 것이었다.

라바스티드 뒤 베르의 다리
The Bridge at Labastide-du-Vert

명사산 추억

헛소리하지 말아라
누가 뭐래도 인생은 허무한 것이다
먼지 날리는 이 모래도 한때는 바위였고
새하얀 조그만 뼛조각 하나도 한때는
용사의 어깨였으며 미인의 얼굴이었다

두 번 말하지 말아라
아무리 우겨도 인생은 고해 그것이다
즐거울 생각 아예 하지 말고
좋은 일 너무 많이 꿈꾸지 말아라
해 으스름 녘 모래 능선을 타고 넘어가는
어미 낙타의 서러운 울음소리를 들어보아라

하지만 어디선가 또다시 바람이 인다
높은 가지 나무에 모래바람 소리가 간다
가슴이 따라서 두근거려진다
그렇다면 누군가 두고 온 한 사람이 보고 싶은 거다
또다시 누군가를 다시 사랑하고 싶어
마음이 안달해서 그러는 것이다

꿈꾸라 그리워하라 깊이, 오래 사랑하라
우리가 잠들고 쉬고 잠시 즐거운 것도
다시금 고통을 당하기 위해서이고
고통의 바다 세상 속으로 돌아가기 위함이다
그리하여 또다시 새롭게 꿈꾸고 그리워하고
깊이, 오래 사랑하기 위함이다.

일상의 발견

다섯 살쯤 일곱 살쯤 되어 보이는
두 여자아이가 손잡고 가다가
나를 보며 살짝 웃어 보인다

아이들이 왜 웃는 걸까?
두리번거리다가 아이들처럼 나도
웃고 있다는 것을 알게 된다

그렇구나!
내가 먼저 아이들에게 웃어주었더니
아이들도 따라서 웃는 거였구나

보도블록 틈서리에 어렵사리
뿌리내려 꽃을 피운 민들레 몇 송이도
사람을 보고 웃어주었다.

꽃들아 안녕

꽃들에게 인사할 때
꽃들아 안녕!

전체 꽃들에게
한꺼번에 인사를
해서는 안 된다

꽃송이 하나하나에게
눈을 맞추며
꽃들아 안녕! 안녕!

그렇게 인사함이
백번 옳다.

마르케롤 정원의 테라스
Terrace in Marquayrol

테라스
The Terrace

우리들 마음

우리들 마음은

꽃송이 옆에 놓으면 피어나고
물소리 옆에 놓으면 흐르고
별빛 옆에 놓으면 반짝이는 마음

부디 도둑의 마음 옆에 두지 말고
더구나 미워하는 마음 옆에는
두지 말아라.

좋은 날

하고 싶은 일을 하니 좋고
하고 싶지 않은 일을 하지 않으니
더욱 좋다.

어머니 말씀의 본을 받아

어려서 어머니 곧잘 말씀하셨다
애야, 작은 일이 큰일이다
작은 일을 잘하지 못하면 큰일도 잘하지 못한단다
작은 일을 잘하도록 하려무나

어려서 어머니 또 말씀하셨다
애야, 네 둘레에 있는 것들을 아끼고 사랑해라
작은 것들 버려진 것들 오래된 것들을
부디 함부로 여기지 말아라

어려서 그 말씀의 뜻을 알지 못했다
자라면서도 끝내 그 말씀을 기억하지 않았다
보다 넓은 세상으로 나아가 얼른
더 많은 사람들과 어울려 살고 싶었다

그러나 나는 하루 한 날도
평화로운 날이 없었고 행복한 날이 없었다
날마다 날마다가 다툼의 날이었고
날마다 날마다가 고통과 슬픔의 연속이었다

이제 겨우 나이 들어 알게 되었다
어머니 말씀 속에 행복이 있고
더할 수 없이 고요한 평안이 있었는데
너무나 오랫동안 그것을 잊고 살았다는 것을

그리하여 나 젊은 사람들에게 말하곤 한다
작은 일이 큰일이니 작은 일을 함부로 하지 말아라
네 주변에 있는 것들이며 사람들을 소중히 여겨라
어머니 말씀의 본을 받아 타일러 말하곤 한다

지금껏 우리는 인생을 어떻게 살아야 할 것인가보다는
무엇을 위해 살아야 하는가에 목을 매고 살았다
기를 쓰고 무엇인가를 이루려고만 애썼다
명사형 대명사형으로만 살려고 했다

보다 많이 형용사와 동사형으로 살았어야 했다
남의 것을 부러워하기보다는 내 것을 더 많이
사랑하고 아끼고 소중히 여기며 살았어야 했다
내가 얼마나 귀한 사람인가를 처음부터 알았어야 했다

당신의 행복은 어디에 있는가?
애당초 그것은 당신 안에 있었고
당신의 집에 있었고 당신의 가족, 당신의 직장 속에 있었다
이제부터 당신은 그것을 찾기만 하면 되는 일이다.

애야, 네 둘레에 있는 것들을 아끼고 사랑해라
작은 것들 버려진 것들 오래된 것들을
부디 함부로 여기지 말아라

마르케롤의 파고라에 서 있는 엄마와 아이
Mother and Child in Pergola at Marquayrol

바로 말해요

바로 말해요 망설이지 말아요
내일 아침이 아니에요 지금이에요
바로 말해요 시간이 없어요

사랑한다고 말해요
좋았다고 말해요
보고 싶었다고 말해요

해가 지려고 해요 꽃이 지려고 해요
바람이 불고 있어요 새가 울어요
지금이에요 눈치 보지 말아요

사랑한다고 말해요
좋았다고 말해요
그리웠다고 말해요

참지 말아요 우물쭈물하지 말아요
내일에는 꽃이 없어요 지금이에요
있더라도 그 꽃은 아니에요.

최고의 인생

날마다 맞이하는 날이지만
오늘이 가장 좋은 날이라 생각하고

지금 하는 일이
가장 좋은 일이라 생각하고

지금 먹고 있는 음식이
가장 맛있는 음식이라 여기고

지금 만나고 있는 사람이
가장 아름다운 사람이라고 생각한다면

당신의 인생 하루하루는
최고의 인생이 될 것이다.

섬에서

그대, 오늘
볼 때마다 새롭고
만날 때마다 반갑고
생각날 때마다 사랑스런
그런 사람이었으면 좋겠습니다

풍경이 그러하듯이
풀잎이 그렇고
나무가 그러하듯이.

당신은
볼 때마다 새롭고
만날 때마다 반갑고
생각날 때마나 사랑스러운
그런 사람입니다.

꽃 핀 나무
Trees in Bloom

황홀극치

황홀, 눈부심
좋아서 어쩔 줄 몰라 함
좋아서 까무러칠 것 같음
어쨌든 좋아서 죽겠음

해 뜨는 것이 황홀이고
해 지는 것이 황홀이고
새 우는 것 꽃 피는 것 황홀이고
강물이 꼬리를 흔들며 바다에
이르는 것 황홀이다

그렇지, 무엇보다
바다 울렁임, 일파만파, 그곳의 노을,
빠져 죽어버리고 싶은 충동이 황홀이다

아니다, 내 앞에
웃고 있는 네가 황홀, 황홀의 극치다

도대체 너는 어디서 온 거냐?
어떻게 온 거냐?
왜 온 거냐?
천 년 전 약속이나 이루려는 듯.

오직 너는

많은 사람 아니다
많은 사람 가운데
오직 너는 한 사람
우주 가운데서도
빛나는 하나의 별
꽃밭 가운데서도
하나뿐인 너의 꽃
너 자신을 살아라
너 자신을 빛내라.

행복 2

저녁때
돌아갈 집이 있다는 것

힘들 때
마음속으로 생각할 사람 있다는 것

외로울 때
혼자서 부를 노래 있다는 것.

오늘의 약속

덩치 큰 이야기, 무거운 이야기는 하지 않기로 해요
조그만 이야기, 가벼운 이야기만 하기로 해요
아침에 일어나 낯선 새 한 마리가 날아가는 것을 보았다든지
길을 가다 담장 너머 아이들 떠들며 노는 소리가 들려 잠시
발을 멈췄다든지
매미 소리가 하늘 속으로 강물을 만들며 흘러가는 것을 문득
느꼈다든지
그런 이야기들만 하기로 해요

남의 이야기, 세상 이야기는 하지 않기로 해요
우리들의 이야기, 서로의 이야기만 하기로 해요
지나간 밤 쉽게 잠이 오지 않아 애를 먹었다든지
하루 종일 보고픈 마음이 떠나지 않아 가슴이 뻐근했다든지
모처럼 개인 밤하늘 사이로 별 하나 찾아내어 숨겨놓은 소원
을 빌었다든지

그런 이야기들만 하기로 해요

실은 우리들 이야기만 하기에도 시간이 많지 않은 걸 우리는
잘 알아요
그래요, 우리 멀리 떨어져 살면서도
오래 헤어져 살면서도 스스로
행복해지기로 해요
그게 오늘의 약속이에요.

부부, 수확하는 사람들의 습작
Husband and Wife, Study for Les Faucheurs
1902

연인이 있는 풍경
Landscape with Couple

너에게 감사

사랑하는 사람들 사이에서는
더 많이 사랑하는 사람이
단연코 약자라는 비밀

어제도 지고
오늘도 지고
내일도 지는 일방적인 줄다리기

지고서도 오히려
기분이 나쁘지 않고
홀가분하기까지 한 게임

사랑하는 사람들 사이에서는
더 많이 지는 사람이
끝내는 승자라는 비밀

그걸 깨닫게 해준 너에게
감사한다.

외롭다고 생각할 때일수록

사랑이여 조그만 사랑이여 45

외롭다고 생각할 때일수록
혼자이기를,

말하고 싶은 말이 많은 때일수록
말을 삼가기를,

울고 싶은 생각이 깊을수록
울음을 안으로 곱게 삭이기를,

꿈꾸고 꿈꾸노니 –

많은 사람들로부터 빠져나와
키 큰 미루나무 옆에 서 보고
혼자 고개 숙여 산길을 걷게 하소서.

그리움

가지 말라는데 가고 싶은 길이 있다
만나지 말자면서 만나고 싶은 사람이 있다
하지 말라면 더욱 해보고 싶은 일이 있다

그것이 인생이고 그리움
바로 너다.

마르케롤의 연못가에 있는 마르탱 부인
Madame Martin by the Pool in Marquayrol

너와 함께라면 인생도 여행이다

인생이 무엇인가
한 마디로 말하는 사람 없고
인생이 무엇인가
정말로 알고 인생을 사는 사람 없다

어쩌면 인생은 무정의 용어 같은 것
무작정 살아보아야 하는 것
옛날 사람들도 그랬고 오늘도 그렇고
앞으로도 오래 그래야 할 것

사람들 인생이 고달프다 지쳤다
힘들다고 입을 모은다
가끔은 화가 나서
내다 버리고 싶다고까지 불평을 한다

그렇지만 말이다
비록 그러한 인생이라도
사랑하는 사람과 함께라면
조금쯤 살아볼 만한 것이 아닐까

인생은 고행이다! 그렇게
말하는 사람들 있다
우리 여기서 '고행'이란 말
'여행'이란 말로 한번 바꾸어보자

인생은 여행이다!
더구나 사랑하는 너와 함께라면
그것은 얼마나 가슴 벅찬 하루하루일 것이며
아기자기 즐겁고 아름다운 발길일 거냐

너도 부디 나와 함께
힘들고 지치고 고달픈 날들
여행이라고 생각해 주면 좋겠구나
지구 여행 잘 마치고 지구를 떠나자꾸나.

1월 1일

화분에 물을 많이 주면 꽃이 시들고
사랑도 지치면 사람이 떠난다
말로는 그리 하면서
억지를 부리고 고집을 세우고
뭐든 내 맘대로 해서
미안했다 네게 잘못했다
새해의 할 일은
너의 생각을 조금만 하는 것

너에게 말을 적게 하고
사랑 또한 줄이는 것
그리하여 너를 멀리 멀리
놓아 보내는 일
너에게 날개를 달아주는 일
잘 가라 잘 살아라
허공에 날려 보낸
풍선을 보면서 빈다.

라바스티드 뒤 베르, 마르케롤의 테라스 전경
View of the Terrasse de Marquayrol, Labastide-du-Vert
1935

2부

좋다고 하니까
나도 좋다

사십

다른 사람들이 갖고 있는 걸
갖지 못하는 것은
쓸쓸한 일이다.

다른 사람들이 누리는 걸
누리지 못하는 건
섭섭한 일이다.

더구나 남들이 다 버리는 걸
버리지 못하고 사는 건
답답한 일이다.

내가 너를

내가 너를
얼마나 좋아하는지
너는 몰라도 된다

너를 좋아하는 마음은
오로지 나의 것이요
나의 그리움은
나 혼자만의 것으로도
차고 넘치니까……

나는 이제
너 없이도 너를
좋아할 수 있다.

한 사람 건너

한 사람 건너 한 사람
다시 한 사람 건너 또 한 사람

애기 보듯 너를 본다

찡그린 이마
앙다문 입술
무슨 마음 불편한 일이라도
있는 것이냐?

꽃을 보듯 너를 본다.

고백

나 오늘 너를 만남으로
이 세상 가장 아름다운 사람을
만났다 말하리

온종일 나 너를 생각하므로
이 세상 가장 깨끗한 마음을
안았다 말하리

나 오늘 너를 사랑함으로
세상 전부를 사랑하고
세상 전부를 알았다 말하리.

연인들
The Lovers

연인들
Group of Lovers

아름다운 사람

아름다운 사람
눈을 둘 곳이 없다
바라볼 수도 없고
그렇다고 아니 바라볼 수도 없고
그저 눈이
부시기만 한 사람.

산수유꽃 진 자리

사랑한다, 나는 사랑을 가졌다

누구에겐가 말해주긴 해야 했는데

마음놓고 말해줄 사람 없어

산수유꽃 옆에 와 무심히 중얼거린 소리

노랗게 핀 산수유꽃이 외워두었다가

따사로운 햇빛한테 들려주고

놀러온 산새에게 들려주고

시냇물 소리한테까지 들려주어

사랑한다, 나는 사랑을 가졌다

차마 이름까진 말해줄 수 없어 이름만 빼고

알려준 나의 말

여름 한 철 시냇물이 줄창 외우며 흘러가더니

이제 가을도 저물어 시냇물 소리도 입을 다물고

다만 산수유꽃 진 자리 산수유 열매들만

내리는 눈발 속에 더욱 예쁘고 붉습니다.

떠나와서

떠나와서 그리워지는
한 강물이 있습니다
헤어지고 나서 보고파지는
한 사람이 있습니다
미루나무 새 잎새 나와
바람에 손을 흔들던 봄의 강가
눈물 반짝임으로 저물어가는
여름날 저녁의 물비늘
혹은 겨울 안개 속에 해 떠오르고
서걱대는 갈대숲 기슭에
벗은 발로 헤엄치는 겨울 철새들
헤어지고 나서 보고파지는
한 사람이 있습니다
떠나와서 그리워지는
한 강물이 있습니다.

후회

이담에 이담에 너는 나를 사랑하면서도 한 번도 사랑한다는 말을 하지 않은 것을 후회할 것이고, 나는 또 너무 여러 차례 사랑한다, 사랑한다, 너에게 맹세하고 다짐 둔 일들을 후회하게 될 지도 모르겠다.

돌계단

네 손을 잡고 돌계단을 오르고 있었지.

돌계단 하나에 석등이 보이고
돌계단 둘에 석탑이 보이고
돌계단 셋에 극락전이 보이고
극락전 뒤에 푸른 산이 다가서고
하늘에는 흰 구름이 돛을 달고 마악
떠나가려 하고 있었지.

하늘이 보일 때 이미
돌계단은 끝이 나 있었고
내 손에 이끌려 돌계단을 오르던 너는
이미 내 옆에 없었지.

훌쩍 하늘로 날아가 흰 구름이 되어버린 너!

우리는 모두 흰 구름이에요, 흰 구름.
육신을 벗고 나면 이렇게 가볍게 빛나는
당신이나 저나 흰 구름일 뿐이에요.
너는 하늘 속에서 나를 보며 어서 오라 손짓하며 웃고
나는 너를 따라갈 수 없어 땅에서 울고 있었지.
발을 구르며 땅에 서서 울고만 있었지.

포도 덩굴과 계단이 있는 집
House with Vine and Staircase

생 시르크 라포피의 집과 정원
House and Garden at Saint-Cirq-Lapopie
1920

들길을 걸으며

1

세상에 와 그대를 만난 건

내게 얼마나 행운이었나

그대 생각 내게 머물므로

나의 세상은 빛나는 세상이 됩니다

많고 많은 사람 중에 그대 한 사람

그대 생각 내게 머물므로

나의 세상은 따뜻한 세상이 됩니다.

2

어제도 들길을 걸으며

당신을 생각했습니다

오늘도 들길을 걸으며

당신을 생각했습니다

어제 내 발에 밟힌 풀잎이

오늘 새롭게 일어나

바람에 떨고 있는 걸

나는 봅니다

나도 당신 발에 밟히면서

새로워지는 풀잎이면 합니다

당신 앞에 여리게 떠는

풀잎이면 합니다.

봄비가 내린다

봄의 들판에 내리는 비를 본 적이 있니?
들판은 결코 빗방울을 거부하지 않고
빗방울은 또 들판을 두려워하지 않는단다
빗방울은 하늘에서 훌쩍 뛰어내려
들판의 가슴에 안기고 들판은 빗방울을
부드럽게 소리 없이 받아들여 안아준단다
아니야, 하나가 되어버린단다
들판도 빗방울도 아닌 그 무엇!
그것은 내가 나를 떠나서 또 다른 내가 되고
네가 너를 떠나서 역시 또 다른 네가 되는
눈부신 매직, 떨림의 세상
그 떨림의 세상이 하나하나 들판의 새싹들을
일으켜 세우는 힘이 되는 거겠지
세상의 온갖 생명들을 존재케 하는 축복이 되는 거겠지
이제 우리의 사랑도 그리되었으면 해.

벚꽃 이별

하늘 구름이 벚꽃나무에 와서 며칠
하늘 궁전이 되어서 또 며칠
부풀어 오르던 마음
세상을 다 가진 것 같은 마음
사랑이었네 그것은
나도 모르게 사랑이었네

바람 불어와 하늘 궁전 무너져 내려
꽃비인가 눈인가 날리는 마음
잘 가라 잘 살아라
나는 울어도 너는 울지 말아라
별이 되어 꽃이 되어
만날 때까지 우리 다시 그때까지.

사과나무 아래의 신부와 신랑
Brides walk under the apple trees

그대 같은 사람 하나 세상에 있어
세상이 좀 더 따스해지고
서럽고도 벅찬 봄날도 부드럽게 흘러갑니다.

봄날의 이유

그대 같은 사람 하나
세상에 있어서
세상이 좀 더 따스하고

서럽고도 벅찬 봄날이
조금쯤 부드럽게
흘러갑니다

아닙니다
빠르고도 세찬 봄날이
좀 더 천천히 흘러갑니다

이것이 그대에게
감사하는 까닭이고
그대의 우아함과 인내에
더욱 감사하는 까닭입니다.

그러므로

너는 비둘기를 사랑하고
초롱꽃을 사랑하고
너는 애기를 사랑하고
또 시냇물 소리와 산들바람과
흰 구름까지를 사랑한다

그러한 너를 내가 사랑하므로
나는 저절로
비둘기를 사랑하고
초롱꽃, 애기, 시냇물 소리,
산들바람, 흰 구름까지를 또
사랑하는 사람이 된다.

나무에게 말을 걸다

우리가 과연
만나기나 했던 것일까?

서로가 사랑한다고
믿었던 때가 있었다
서로가 서로를 아주 잘
알고 있다고 믿었던 때가 있었다
가진 것을 모두 주어도
아깝지 않다고 생각하던 시절도 있었다

바람도 없는데
보일 듯 말 듯
나무가 몸을 비튼다.

비단강

비단강이 비단강임은
많은 강을 돌아보고 나서야
비로소 알겠습디다

그대가 내게 소중한 사람임은
더 많은 사람들을 만나고 나서야
비로소 알겠습디다

100년을 가는
사람 목숨이 어디 있으며
50년을 가는
사람 사랑이 어디 있으랴……

오늘도 나는
강가를 지나며
되뇌어 봅니다.

콜리우르의 어선들
Fishing boats at Collioure

사랑에 감사

얼굴이, 웃는
너의 얼굴이 세상의
전부이던 때 있었다

음성이, 맑은
너의 음성이 기쁨의
전부이던 때 있었다

돌아보아 기억하고
간직할 것은 오직
이것뿐.

허무라 타박하여
물리지 말라!

섬

너와 나
손잡고 눈 감고 왔던 길

이미 내 옆에 네가 없으니
어찌할까?

돌아가는 길 몰라 여기
나 혼자 울고만 있네.

못난이 인형

못나서 오히려 귀엽구나
작은 눈 찌푸러진 얼굴

애게게 금방이라도 울음보
터뜨릴 것 같네

그래도 사랑한다 애야
너를 사랑한다.

큰일

조그만 너의 얼굴
너의 모습이
점점 자라서
지구만큼 커질 때 있다

가느다란 너의 웃음
너의 목소리가
점점 커져서
지구를 가득 채울 때 있다

이거야말로 큰일,
사랑이 찾아온 것이다.

뜨개질하는 여인들
The Weaving Women

봄비

사랑이 찾아올 때는
엎드려 울고

사랑이 떠나갈 때는
선 채로 울자

그리하여 너도 씨앗이 되고
나도 씨앗이 되자

끝내는 우리가 울울창창
서로의 그늘이 되자.

우리들의 푸른 지구

사랑한다는 말 대신에 하는 말
우리 오래 만나자

사랑하겠다는 말 대신에 하는 대답
우리 함께 오래 있어요

날마다 푸른 지구
내일 더욱 푸른 지구

오늘은 네가 나에게 지구이고
내가 너에게 지구이다.

꽃나무 아래

1
어느 강을 건너서
다시 너를 만나랴
어느 산을 넘어서
우리 다시 사랑하랴

가지 마 가지 마
꽃 피는 나무 아래
나 혼자 두고 가지 마
제발 가지 마라.

2
꽃 지는 나무 아래
내 이름 부르지 마요
가슴 아파 갈길 못 가요

누군가 또 조그만 목소리로
흥얼거리고 있다

나 같은 사람 다시는
만나지 못할 거예요
그럴 거예요.

정원이 보이는 창가
The Window to the Garden

그리하여 너도 씨앗이 되고
나도 씨앗이 된다.

행운

혼자 있을 때
생각나는 이름 하나
있다는 건 기쁜 일이다

이름이 생각날 때
전화 걸 수 있다는 건
다행스런 일이다

전화 걸었을 때
반갑게 전화 받아주는
바로 그 한 사람

그 한 사람이
살면서 날마다 나의 행운
기쁨의 원천이다.

두고 온 사랑

두고 가세요
좋아했던 마음
그리워했던 마음
서러웠던 마음도 놓고 가세요

찾아가려 하지 마세요
꽃이 될 거예요
분꽃도 되고 봉숭아도 되고
수탉 벼슬로 붉은 맨드라미도 될 거예요

새벽잠 깨어 혼자 하늘을 바라보는
누군가의 별빛도 되겠지요
사랑하는 마음 찾아가려 하지 마세요.

들국화

1
울지 않는다면서 먼저
눈썹이 젖어

말로는 잊겠다면서 다시
생각이 나서

어찌하여 우리는
헤어지고 생각나는 사람들입니까?

말로는 잊어버리마고
잊어버리마고……

등피
아래서.

2

살다 보면 눈물 날 일도
많고 많지만
밤마다 호롱불 밝혀
네 강심江心에 노를 젓는
나는 나룻배.

아침이면
이슬길 풀섶길 돌고 돌아
후미진 곳
너 보고픈 마음에
하얀 꽃송이 하날 피웠나부다.

사랑에 답함

예쁘지 않은 것을 예쁘게
보아주는 것이 사랑이다

좋지 않은 것을 좋게
생각해 주는 것이 사랑이다

싫은 것도 잘 참아주면서
처음만 그런 것이 아니라

나중까지 아주 나중까지
그렇게 하는 것이 사랑이다.

그래도

나는 네가 웃을 때가 좋다
나는 네가 말을 할 때가 좋다
나는 네가 말을 하지 않을 때도 좋다
뾰로통한 네 얼굴, 무덤덤한 표정
때로는 매정한 말씨
그래도 좋다.

콜리우르 항구의 여인들
Women at the Port of Collioure

항구에 앉아 있는 여인
Woman Sitting in a Port

서양 붓꽃

거짓말인 줄 알면서도
눈물 납니다

꽃이 진다고 세상이
달라질 것도 없는데

가슴이 미어집니다.

그런 사람으로

그 사람 하나가
세상의 전부일 때 있었습니다

그 사람 하나로 세상이 가득하고
세상이 따뜻하고

그 사람 하나로
세상이 빛나던 때 있었습니다

그 사람 하나로 비바람 거센 날도
겁나지 않던 때 있었습니다

나도 때로 그에게 그런 사람으로
기억되고 싶습니다.

재회

무슨 말을 해야 할지
모르겠다
마음이 떨리고
목소리가 떨려서
무슨 말을 먼저 해야 할지
모르겠다

무슨 일을 해야 할지
모르겠다
손이 떨리고
눈빛이 떨려서
무슨 일을 먼저 해야 할지
모르겠다

모처럼 만에
내게 온 너
먼 곳을 돌아서 돌아서
힘겹게 내 앞으로 온 너

예쁘다 머리를 쓰다듬어줄까
오래 생각 잊지 않았다고
볼에 볼을 대줄까

먼 길 오느라 수고했으니
또다시 먼 길 떠날 너이니
너의 발과 다리나
오래 주물러 줄까 그러한다.

연인들
The Lovers

오늘은 네가 나에게 지구이고
내가 너에게 지구이다.

개울 길을 따라

그 길에 네가 먼저 있었다

개울물이 흐르고 있었고
개울물이 소리를 내고 있었고
꽃이 피어 있었고
꽃이 고개를 흔들고 있었고

저게 누굴까?
몸을 돌렸을 때
처음 보는 사람처럼
낯선 얼굴

네가 너무 예뻤던 것이다
그만 눈이 부셨던 것이다

그 길에서 그날 너는
그냥 그대로 개울물이었고
꽃이었고 또 개울물과
꽃을 흔드는 바람결이었다.

바람에게 묻는다

바람에게 묻는다
지금 그곳에는 여전히
꽃이 피었던가 달이 떴던가

바람에게 듣는다
내 그리운 사람 못 잊을 사람
아직도 나를 기다려
그곳에서 서성이고 있던가

내게 불러줬던 노래
아직도 혼자 부르며
울고 있던가.

그래도 2

사랑했다
좋았다
헤어졌다
그래도 고마웠다

네가 나를 버리는 바람에
내가 나를 더
사랑할 수 있었다.

문 앞의 가브리엘

Gabrielle at the Gate

네가 너무 예뻤던 것이다
그만 눈이 부셨던 것이다

꽃 피우는 나무

좋은 경치 보았을 때
저 경치 못 보고 죽었다면
어찌했을까 걱정했고

좋은 음악 들었을 때
저 음악 못 듣고 세상 떴다면
어찌했을까 생각했지요

당신, 내게는 참 좋은 사람
만나지 못하고 이 세상 흘러갔다면
그 안타까움 어찌했을까요……

당신 앞에서는
나도 온몸이 근지러워
꽃 피우는 나무

지금 내 앞에 당신 마주 있고
당신과 나 사이 가득
음악의 강물이 일렁입니다

당신 등 뒤로 썰렁한
잡목 숲도 이런 때는 참
아름다운 그림 나라입니다.

약속

어제는 잊혀진 약속이고
내일은 지키기 어려운 약속이다

다만 약속이 있다면 오늘
오늘의 약속은 사랑.

영산홍

네가 좀 더 보고 싶지 않아졌으면 좋겠다

바람에 부대끼다가
통째로 모가지 떨구고
모래밭에 뒹구는
붉은 꽃들의 허물

나도 너에게 좀 더 가벼운 사람이었으면 좋겠다.

사는 법

그리운 날은 그림을 그리고
쓸쓸한 날은 음악을 들었다

그러고도 남는 날은
너를 생각해야만 했다.

초라한 고백

내가 가진 것을 주었을 때
사람들은 좋아한다

여러 개 가운데 하나를
주었을 때보다
하나 가운데 하나를 주었을 때
더욱 좋아한다

오늘 내가 너에게 주는 마음은
그 하나 가운데 오직 하나
부디 아무 데나 함부로
버리지는 말아다오.

시골 소녀와 강아지
Young Peasant Girl and Her Dog

바느질하는 여인
A Woman Sewing

선물

하늘 아래 내가 받은
가장 커다란 선물은
오늘입니다

오늘 받은 선물 가운데서도
가장 아름다운 선물은
당신입니다

당신 나지막한 목소리와
웃는 얼굴, 콧노래 한 구절이면
한 아름 바다를 안은 듯한 기쁨이겠습니다.

겨울 장미

너를 사랑하고 나서
누군가를 다시 더 사랑한다
그러겠느냐

조금은 과하게 사랑함을
나무라지 말아라
피하지 말아다오

하나밖에 없는 것이
정말로 사랑이라
그러지 않았더냐.

사랑

오래 함께 마주 앉아서
바라보는 것

말이 없어도 눈으로 가슴으로
말을 하는 것

보일 듯 말 듯 얼굴에
웃음 머금는 것

그러다가 끝내는 눈물이 돌아
고개 떨구기도 하는 것.

그리고

다시는 만날 수 없다는 것
얼굴도 보지 못하고
목소리도 듣지 못한다는 것
웃으며 이야기 나누지도 못하고
음식도 함께 먹을 수 없다는 것
악수도 하지 못하고
머리칼도 쓸어줄 수 없다는 것

그리고
그리고

보고 싶은 마음도 조금씩 작아지고
생각까지도 흐려지고 말 것이라는 것
그것을 또 못내 슬퍼하는 것이다.

등나무
The Wisteria

사랑에의 권유

사랑 때문에 다만
사랑하는 일 때문에
울어본 적 있으신지요?

보고 싶은 마음 때문에 오직
한 사람이 보고 싶은 마음 때문에
밤을 꼬박 새워본 적 있으신지요?

그것이 철없음이라도 좋겠고
어리석음이라도 좋겠고
서툰 인생이라 해도 충분히 좋겠습니다

한 사람의 여자를 위하여
한 사람의 남자를 위하여 다시금
떨리는 손으로 길고 긴 편지를
써보고 싶은 생각은 없으신지요?

부디 잊지 마시기 바래요
한 사람의 일로 밤을 새우고
오직 그 일로 해서 지구가 다
무너질 것만 같았던 날들이 분명
우리에게 있었음을

그리하여 우리가 한때나마 지상에서
행복하고 슬프고도 외로운 사람이었음을
부디 후회하지 마시기 바래요.

스스로 선물

너를 사랑하여 나는
마음이 많이 가난해지고
때로 우울하고 슬프기까지 하다

기다리는 시간이 많아졌고
고개 숙여 혼자서 하는
생각 또한 많아졌다

그렇다 해도
그것이 정녕 그렇다 해도
어쩔 수 없는 일

아침 해가 갑자기 눈부시고
저녁에 지는 해가 문득 눈물겨워지고
아침 이슬이 더욱 맑아 보인다는 것!

그것은 보통의 일이 아니다
그것은 오로지 너를 사랑하여
스스로 받는 마음의 선물이니까.

고백 2

좋은 것만 보면 무어든
네 생각이 나고
어여쁜 경치 앞에서도
네 얼굴이 떠올라

어떻게든 너에게
선물하고 싶지만
번번이 그럴 수는 없어

안달하다가 무너져 내리다가
절벽이 되고 산이 되고
끝내는 화닥화닥 불길로
타오르는 꽃나무

이것이 요즘
너를 향한 나의 마음이란다.

들판에서
By the Fields

하늘 아래 내가 받은
가장 커다란 선물은
오늘입니다.

그 말

보고 싶었다
많이 생각이 났다

그러면서도 끝까지
남겨두는 말은
사랑한다
너를 사랑한다

입속에 남아서 그 말
꽃이 되고
향기가 되고
노래가 되기를 바란다.

꽃신

꽃을 신고 오시는 이
누구십니까?

아, 저만큼
봄님이시군요!

어렵게 어렵게 찾아 왔다가
잠시 있다 떠나가는 봄

짧기에 더욱 안타깝고
안쓰러운 사랑

사랑아 너도 갈 때는
꽃신 신고 가거라.

부탁

너무 멀리까지는 가지 말아라
사랑아

모습 보이는 곳까지만
목소리 들리는 곳까지만 가거라

돌아오는 길 잊을까 걱정이다
사랑아.

나무

너의 허락도 없이
너에게 너무 많은 마음을
주어버리고
너에게 너무 많은 마음을
뺏겨버리고
그 마음 거두어들이지 못하고
바람 부는 들판 끝에 서서
나는 오늘도 이렇게 슬퍼하고 있다
나무되어 울고 있다.

첫눈

다만 그뿐이었다

눈빛과 눈빛이 서로 엉켜
흔들리는가 싶었고

말과 말이 잠시 만나
떨리는가 싶었다

휘딱, 돌아서는 등 뒤로
희끗한 무엇인가가 보였다

그 해의 첫눈이었다.

너무 일찍 왔거나 너무 늦게 왔거나
둘 중에 하나다
너무 빨리 떠났거나 너무 오래 남았거나
또 그 둘 중에 하나다

누군가 서둘러 떠나간 뒤
오래 남아 빛나는 반짝임이다

손이 시려 손조차 맞잡아 줄 수가 없는
애달픔
너무 멀다 너무 짧다
아무리 손을 뻗쳐도 잡히지 않는다

오래오래 살면서 부디 나
잊지 말아다오.

휴식
Rest

입속에 남은 그 말이
꽃이 되고 향기가 되고
노래가 되기를 바란다.

안부

오래
보고 싶었다

오래
만나지 못했다

잘 있노라니
그것만 고마웠다.

떠난 자리

나 떠난 자리
너 혼자 남아
오래 울고 있을 것만 같아
나 쉽게 떠나지 못한다, 여기

너 떠난 자리
나 혼자 남아
오래 울고 있을 것 생각하여
너도 울먹이고 있는 거냐? 거기.

별빛

당신, 너무 멀리 있어 손길이 닿지 않습니다
당신 모습, 너무 흐려 눈길이 머물지 않습니다
당신은 물기 머금고 눈물 글썽이는 밤하늘의
조그만 별빛인가요……

어쩌면 당신도 지금
울면서 울면서 멀어지고 있을지 모르겠어요
더욱 흐려지고 있을지 모르겠어요

그러나 나는 당신의 별빛을 끝내
놓치지 않으려 그럽니다
오히려 멀고 흐린 당신의 별빛
가슴에 담아 따스한 등불로 삼으려 그럽니다

언젠가 다시 당신이 내 앞으로 돌아오는 날
가슴속 밝은 별빛을 꺼내어
당신께 보여드리고 환하게 웃는
당신의 얼굴 다시 보고 싶은 까닭입니다

당신한테 칭찬받는 사람이
되고 싶은 까닭입니다.

잘 있노라니
그것만 고마웠다.

새로운 다리와 달바드
The New Bridge and Dalbade

별리

우리 다시는 만나지 못하리

그대 꽃이 되고 풀이 되고
나무가 되어
내 앞에 있는다 해도 차마
그대 눈치채지 못하고

나 또한 구름 되고 바람 되고
천둥이 되어
그대 옆을 흐른다 해도 차마
나 알아보지 못하고

눈물은 번져
조그만 새암을 만든다
지구라는 별에서의
마지막 만남과 헤어짐

우리 다시 사람으로는
만나지 못하리.

목련꽃 낙화

너 내게서 떠나는 날
꽃이 피는 날이었으면 좋겠네
꽃 가운데서도 목련꽃
하늘과 땅 위에 새하얀 꽃등
밝히듯 피어오른 그런
봄날이었으면 좋겠네

너 내게서 떠나는 날
나 울지 않았으면 좋겠네
잘 갔다 오라고 다녀오라고
하루치기 여행을 떠나는 사람
가볍게 손 흔들듯 그렇게
떠나보냈으면 좋겠네

그렇다 해도 정말
마음속에서는 너도 모르게
꽃이 지고 있겠지
새하얀 목련꽃 흐득흐득
울음 삼키듯 땅바닥으로
떨어져 내려앉겠지.

정원의 꽃병

Vase of Flowers in a Garden

창가의 꽃병

Vase of Flowers in a Window

3부

기죽지 말고
잘 살아봐

풀꽃 3

기죽지 말고 살아봐
꽃 피워봐
참 좋아.

버림받음으로

세상 모든 사람 나를 버려도
너만은 나를 놓지 않았다
끝까지 나를 버리지 않았다

결코 여러 사람 아니다
오직 한 사람
세상 천지에 오직 한 사람
너의 응원과 너의 믿음이 나를 살린다
나를 지킨다

많은 사람으로부터
버림받음으로 오늘
오직 소중한 사람인 너를
나는 다시 만나고 다시 얻는다.

너무 잘하려고 애쓰지 마라

너, 너무 잘하려고 애쓰지 마라
오늘의 일은 오늘의 일로 충분했다
조금쯤 모자라거나 비뚤어진 구석이 있다면
내일 다시 하거나 내일
다시 고쳐서 하면 된다
조그마한 성공도 성공이다
그만큼에서 그치거나 만족하라는 말이 아니고
작은 성공을 슬퍼하거나
그것을 빌미 삼아 스스로를 나무라거나
힘들게 하지 말자는 말이다
나는 오늘도 많은 일들과 만났고
견딜 수 없는 일들까지 견뎠다
나름대로 최선을 다한 셈이다
그렇다면 나 자신을 오히려 칭찬해 주고
보듬어 껴안아 줄 일이다

오늘을 믿고 기대한 것처럼
내일을 또 믿고 기대해라
오늘의 일은 오늘의 일로 충분했다
너, 너무도 잘하려고 애쓰지 마라.

기죽지 말고 살아봐
꽃 피워봐
참 좋아.

앉아 있는 소녀
Young girl seated

뒷모습

뒷모습이 어여쁜
사람이 참으로
아름다운 사람이다

자기의 눈으로는 결코
확인이 되지 않는 뒷모습
오로지 타인에게로만 열린
또 하나의 표정

뒷모습은
고칠 수 없다
거짓말을 할 줄 모른다

물소리에게도 뒷모습이 있을까?
시드는 노루발풀꽃, 솔바람 소리,
찌르레기 울음소리에게도
뒷모습은 있을까?

저기 저
가문비나무 윤노리나무 사이
산길을 내려가는
야윈 슬픔의 어깨가
희고도 푸르다.

나의 시에게

한때 나를 살렸던
누군가의 시들처럼

나의 시여, 지금
다른 사람에게로 가서

그 사람도
살려주기를 바란다.

시인

세상 사람들
힘들고 고달픈 마음
쓰다듬어 주는
감정의 서비스 맨

실패한 당신을 위하여

화가 나시나요

오늘 하루 실패한 것 같아

자기 자신에게 화가 나시나요

그럴 수도 있지요

때로는 자기 자신이 밉고

싫어질 때도 있지요

그렇지만 너무 많이는

그러지 마시길 바래요

자기 자신을 미워하더라도

끝까지는 미워하지 마시길 바래요

생각해 보면 모두가 다

당신 탓만은 아니에요

세상일이란 인간의 일이란

그 무엇 하나도 저절로

저 혼자만의 힘으로는

되지 않는다는 걸
당신도 잘 아시잖아요
여러 가지 일들이 서로 만나고
엉켜서 그리된 거예요
실패한 날 화가 나더라도
내일까지는 아니에요
밤으로 쳐서 열두 시까지만
그렇게 하시길 바래요
내일은 새로운 날 새로 태어나는 날
내일은 당신도 새로운 사람이고
새로 태어나는 사람이에요
부디 그걸 잊지 마시길 바래요
내일 우리 웃는 얼굴로 만나요.

베르사유
Versailles

파고라
The Pergola
1920

작은 마음

너 지금 어디쯤 가고 있니?
너 지금 누구하고 있니?
너 지금 무엇 하고 있니?

너 지금 어디서 누구하고
무엇을 하든지 네가
너이기 바란다
너처럼 말하고 너처럼 웃고
너를 좋아하는 사람들이랑
너처럼 잘 살기 바란다

이것이 나의 뜻
너를 사랑하는 나의
작은 마음이란다.

산수유

아프지만 다시 봄

그래도 시작하는 거야
다시 먼 길 떠나보는 거야

어떠한 경우에도 나는
네 편이란다.

오늘의 꽃

웃어도 예쁘고
웃지 않아도 예쁘고
눈을 감아도 예쁘다

오늘은 네가 꽃이다.

물봉선

화를 내면 안 되는데
안 되는데 그러면서
또 화를 내고
후회하면 안 되는데
안 되는데 그러면서
또 후회를 하고
부서진 마음 데리고
산속에 와 혼자
쪼그리고 앉아서
물봉선 본다
따가운 가을볕에 익어서
물봉선은 꽃 자줏빛
부서진 마음도 꽃 자줏빛.

포도 수확하는 여인
Vintaging Girl

양골담초 가지가 든 화병
A branch of Citisedans Vase

꽃

예뻐서가 아니다
잘나서가 아니다
많은 것을 가져서도 아니다
다만 너이기 때문에
네가 너이기 때문에
보고 싶은 것이고 사랑스런 것이고 안쓰러운 것이고
끝내 가슴에 못이 되어 박히는 것이다
이유는 없다
있다면 오직 한 가지
네가 너라는 사실!
네가 너이기 때문에
소중한 것이고 아름다운 것이고 사랑스런 것이고 가득한 것이다
꽃이여, 오래 그렇게 있거라.

꽃필 날

내게도
꽃필 날 있을까?
그렇게 묻지 마라

언제든
꽃은 핀다

문제는
가슴의 뜨거움이고
그리움, 기다림이다.

네가 있어

바람 부는 이 세상
네가 있어 나는 끝까지
흔들리지 않는 나무가 된다

서로 찡그리며 사는 이 세상
네가 있어 나는 돌아앉아
혼자서도 웃음 짓는 사람이 된다

고맙다
기쁘다
힘든 날에도 끝내 살아남을 수 있었다

우리 비록 헤어져
오래 멀리 살지라도
너도 그러기를 바란다.

부모 노릇

낳아주고
길러주고
가르쳐주고

그리고도
남는 일은

기다려주고
참아주고
져주기.

전원풍경
Bucolic

그리움 2

때로 내 눈에서도
소금물이 나온다
아마도 내 눈 속에는
바다가 한 채씩 살고 있나 보오.

기쁨

난초 화분의 휘어진
이파리 하나가
허공에 몸을 기댄다

허공도 따라서 휘어지면서
난초 이파리를 살그머니
보듬어 안는다

그들 사이에 사람인 내가 모르는
잔잔한 기쁨의
강물이 흐른다.

조그만 친절

우산 없이 외출한 날
비 맞으며 돌아오는
골목길에서
낯모르는 처녀 아이
뒤따라와
우산을 받쳐주었다
그 조그만 친절이
오래도록 잊혀지지 않는 건
왜일까?

사랑이 올 때

가까이 있을 때보다
멀리 있을 때
자주 그의 눈빛을 느끼고

아주 멀리 헤어져 있을 때
그의 숨소리까지 듣게 된다면
분명히 당신은 그를
사랑하기 시작한 것이다

의심하지 말아라
부끄러워 숨기지 말아라
사랑은 바로 그렇게 오는 것이다

고개 돌리고
눈을 감았음에도 불구하고.

초원
The Prairie

사보티에의 집
The House of Sabotier

3월

어차피 어차피
3월은 오는구나
오고야 마는구나
2월을 이기고
추위와 가난한 마음을 이기고
넓은 마음이 돌아오는구나
돌아와 우리 앞에
풀잎과 꽃잎의 비단 방석을 까는구나
새들은 우리더러
무슨 소리든 내보라
조르는구나
시냇물 소리도 우리더러
지껄이라 그러는구나

아, 젊은 아이들은
다시 한 번 새옷을 갈아입고
새 가방을 들고
새 뺏지를 달고
우리 앞을 물결쳐
스쳐 가겠지
그러나 3월에도
외로운 사람은 여전히 외롭고
슬픈 사람은 슬프겠지.

모래

일으켜 세우려고 애쓰지 마라
본래가 먼지요 바람이었다
네가 그러했고 네가
심히 사랑했던 자가 그러했다

일으켜 세워보았자 인간의 집이고
다리이고 고작해야 돌탑
언젠가는 그것도 무너진다

무너져 먼지가 되고 바람이 되고
그래도 남는 것이 있었다면
그것은 모래
너 자신이요
네가 사랑했던 자의 진신사리

통곡하지 마라
통곡하지 말고 모래 한 줌
쥐어다가 가슴에 안아보라
철철철 넘치도록 안아보아라.

정자 아래의 젊은 여인들
Young Women in Tonnelle

꽃밭에서

뽑으려 하니
모두가 잡초였지만

품으려 하니
모두가 꽃이었습니다.

양란

예쁘다 예쁘다
몇 해를 두고
말해 줬더니
꽃이 폈어요

그 마음 그 말씀이
오히려 꽃입니다.

시 2

그냥 줍는 것이다

길거리나 사람들 사이에
버려진 채 빛나는
마음의 보석들.

오늘의 과업

오늘도 햇빛은 나를 사랑해
나의 눈꺼풀에 머물러 잠을 깨웠고
바람은 나를 찾아와
목덜미를 쓸어주고 있으며
나 심심하지 말라고 뜨락에 붉은 꽃 피고
새들은 또 가끔 내 귀를 간질여준다

보아라!
하늘의 구름이 갈 길을 멈추고
그대를 생각하며 가슴에 품으며 그대를
이윽한 눈으로 내려다보고 있지 않은가!

그대는 오늘 누구를 위해
무슨 일을 해야 할 것인가?
주어야 할 그 무엇이 있는가?

수확
The Harvest

무릎 꿇은 농부
Farmer Kneeling

봄

봄이란 것이 과연
있기나 한 것일까?
아직은 겨울이지 싶을 때 봄이고
아직은 봄이겠지 싶을 때 여름인 봄
너무나 힘들게 더디게 왔다가
너무나 빠르게 허망하게
가버리는 봄
우리네 인생에도
봄이란 것이 있었을까?

동백

짧게 피었다 지기에
꽃이다

잠시 머물다 가기에
사랑이다

눈보라 먼지바람 속
피를 삼킨 통곡이여.

한밤중에

한밤중에
까닭 없이
잠이 깨었다

우연히 방 안의
화분에 눈길이 갔다

바짝 말라 있는 화분
어, 너였구나
네가 목이 말라 나를
깨웠구나.

두 여자

한 여자로부터
버림받는 순간
나는 시인이 되었고

한 여자로부터
용납되는 순간
나는 남편이 되었다.

들판의 소녀
Young Girl in the Fields

짧게 피었다 지기에
봄이다

우리네 인생에도
봄이란 것이 있었을까?

풀꽃 2

이름을 알고 나면 이웃이 되고
색깔을 알고 나면 친구가 되고
모양까지 알고 나면 연인이 된다
아, 이것은 비밀.

어린 벗에게

미안하다 미안해
네 마음 아프게 해서

아니야
나에게도 미안해

네 마음 아프면
내 마음이 더 아픈 것인데

왜 그걸 내가
일찍 알지 못했을까.

여름의 일

골목길에서 만난
낯선 아이한테서
인사를 받았다

안녕!

기분이 좋아진 나는
하늘에게 구름에게
지나는 바람에게 울타리 꽃에게
인사를 한다

안녕!

문간 밖에 나와
쭈그리고 앉아있는
순한 얼굴의 개에게도
인사를 한다

너도 안녕!

언덕 위의 사이프러스 나무들
Cyprus Trees on the Hill

정원의 소녀
Young Girl

사랑 2

너 많이 예쁘거라
오래 오래 웃고 있거라

우선은 너를 위해서
그다음은 나를 위해서
세상을 위해서

너처럼 예쁜 세상
네가 웃고 있는 세상은
얼마나 좋은 세상이겠니!

꽃그늘

아이한테 물었다

이담에 나 죽으면
찾아와 울어줄 거지?

대답 대신 아이는
눈물 고인 두 눈을 보여주었다.

소망 2

오늘도 하던 일 마치지
못하고 잠이 든다
아니다 오늘도 하고 싶었던 일
다 하지 못하고 잠이 든다

이다음 나 세상 떠나는 그날에도
세상에서 하고 싶었던 일
다 하지 못하는 섭섭함에
뒤돌아보며 뒤돌아보며
눈을 감게 될까?

하기는 오늘 다 하지 못하고
잠드는 일, 그것이
내일 나의 소망이 되고
내가 세상에서 다 하지 못하고
남기는 그 일이 또한
다른 사람의 소망이 됨을
나는 결코 모르지 않는다.

라바스티드 뒤 베르의 다리와 하얀 염소
The Bridge of Labastide-du-Vert, the White Goat

꽃 2

아무렇게나 저절로
피는 꽃은 없다

누군가의 억울함과 슬픔과
기도가 쌓여 피는 꽃

그렇다면 산도 바다도
강물도

하늘과 땅의 억울함과 슬픔과
기도로 피어나는 꽃일 것이다.

풀꽃

자세히 보아야
예쁘다

오래 보아야
사랑스럽다

너도 그렇다.

너를 두고

세상에 와서
내가 하는 말 가운데서
가장 고운 말을
너에게 들려주고 싶다

세상에 와서
내가 가진 생각 가운데서
가장 예쁜 생각을
너에게 주고 싶다

세상에 와서
내가 할 수 있는 표정 가운데
가장 좋은 표정을
너에게 보이고 싶다

이것이 내가 너를
사랑하는 진정한 이유
나 스스로 네 앞에서 가장
좋은 사람이 되고 싶은 소망이다.

송별

그래도 마음이 있었다면
정다운 마음 좋았던 마음
때로는 그리운 마음이라도 조금 남았다면
가면서, 가면서 뒤돌아보아질 거야

그렇지만 말이야
가는 사람은 가는 사람이고
남는 사람은 남는 사람이란다
까닭이나 핑계가 따로 있을 수 없지

외롭고 아프고 쓸쓸한 것도 말이야
그것도 그 사람 몫일 뿐인 거란다.

개양귀비

생각은 언제나 빠르고
각성은 언제나 느려

그렇게 하루나 이틀
가슴에 핏물이 고여

흔들리는 마음 자주
너에게 들키고

너에게로 향하는 눈빛 자주
사람들한테도 들킨다.

봄의 화원
Flowering Garden in Spring
1920

벌써 인생 시집 시리즈의 마지막 여정인 3권에 다다랐습니다. 1권과 2권이 출간 직후부터 지금까지 독자님들께 꾸준히 많은 사랑을 받고 있어 감사한 마음입니다.

이 3부작 시리즈의 가장 큰 특징은 그림입니다. 1권에는 호야킨 소로야, 2권에는 오귀스트 르누아르, 그리고 3권에는 앙리 마르탱의 작품을 담았습니다. 모두 각자의 매력이 있지만, 저는 유난히 앙리 마르탱의 초록빛이 지닌 편안하고 싱그러운 느낌이 오래 잔상으로 남았습니다. 그 이유를 그의 삶에서 찾았습니다. 그는 진심으로 사랑하고, 진심으로 그림을 그린 사람이었습니다. 무명 시절 만난 아내를 평생 사랑하며 한결같은 마음으로 삶을 살아갔습니다. 한 사람을 끝까지 바라보는 태도는, 그가 삶을 대하는 방식이자 예술을 향한 자세이기도 했습니다. 세상이 아직 그를 알아보지 못하던 시간에도 그는 묵묵히 붓을 들었고, 아내는 변함없이 그의 곁을 지키며 끝까지 그를 믿어 주었습니다.

세상은 그가 마흔을 넘긴 뒤에야 비로소 그의 재능을 알아보기 시작했습니다. 그러나 기쁨은 때로 슬픔과 나란히 찾아오기도 하지요. 오랜 시간을 함께 견뎌온 아내는 그 빛을 충분히 누리지 못한 채 먼저 세상을 떠나고 맙니다. 늦게 찾아온 인정과 사랑하는 사람과의 이별이 겹친 그의 삶이 얼마나 애틋한가요! 그럼에도 늦게나마 그의 그림이 세상에 가 닿았다는 사실이 다행으로 느껴집니다. 오래도록 묵묵히 버텨 온 시간이 결국 그의 재능과 열정을 세상에 드러내 주었으니까요. 이러한 그의 삶은 우리에게 때로 늦게 피어나는 꽃도 있다는 사실을 속삭여 주는 것 같습니다.

인생 시집 3권은 바쁘고 정신없는 시간을 지나며 정작 자신은 위로받지 못한 채 하루를 견디고 있을지도 모르는 마흔의 독자분들을 위해 준비했습니다. 가정에서는 가족을 보살피고, 직장에서는 선후배를 챙기며 묵묵히 중간의 자리를 지키고 있을 마흔의 시간 속에 앙리 마르탱의 밝고 부드러운 그림과 낭만적이며 진정성 있는 삶이 따스함으로 스며들기를 바랍니다. 지금은 조금 더디게 느껴질지라도, 언젠가는 자신의 자리를 지키며 꾸준히 걸어온 시간들을 돌아보며 고개를 끄덕일 수 있는 날이 오기를 바라면서요.

마지막으로, 간결하면서도 울림을 지닌 언어로 삶의 본질을 다정하게 담아주신 나태주 시인님, 그리고 책이 세상에 나오기까지 섬세하고 세련된 감각과 꼼꼼한 손길로 애써주신 최경민 에디터님께 깊은 감사의 마음을 전합니다.

오래 버텨온 마음마다
봄이 스며들기를 바라며,
김예원 씁니다.

나태주의 인생 시집 3
다만 너이기 때문에

1판 1쇄 인쇄 2026년 3월 13일
1판 1쇄 발행 2026년 4월 3일

지은이　　　나태주
엮은이　　　김예원

발행인　　　황민호
본부장　　　박정훈
책임편집　　최경민
기획편집　　김선림 윤혜림
마케팅　　　이승아
국제판권　　이주은
제작　　　　최택순 성시원

발행처　　　대원씨아이㈜
주소　　　　서울특별시 용산구 한강대로15길 9-12
전화　　　　(02)2071-2019
팩스　　　　(02)749-2105
등록　　　　제3-563호
등록일자　　1992년 5월 11일

www.dwci.co.kr

ISBN 979-11-423-4949-2 (04810)